AF358342

21 Novembre 1881

Vente du Lundi 21 Novembre 1881

HOTEL DROUOT, SALLE N° 2

A DEUX HEURES

OBJETS D'ART

BEAUX BIJOUX

Matières précieuses, Porcelaines

Faïences

Terres cuites

BOISERIE DU TEMPS DE LOUIS XVI

BELLE CHEMINÉE EN MARBRE ORNÉE DE BRONZES

Meubles divers

BELLES ÉTOFFES ET TENTURES BRODÉES

EXPOSITION PUBLIQUE

Le Dimanche 20 Novembre 1881, de 1 heure 1/2 à 5 heures

Mᵉ ESCRIBE

COMMISsᵣᵉ-PRISEUR

rue de Hanovre, n° 6

M. A. BLOCHE

EXPERT

rue Laffitte, n° 44

PARIS — 1881

Vᵉ RENOU, MAULDE et COCK

IMPRIMEURS DE LA COMPAGNIE DES COMMISSAIRES-PRISEURS

Rue de Rivoli, 144

CATALOGUE

D'OBJETS D'ART

BEAUX BIJOUX

Matières précieuses, Porcelaines

Faïences

Terres cuites

BOISERIE DU TEMPS DE LOUIS XVI

BELLE CHEMINÉE EN MARBRE ORNÉE DE BRONZES

Meubles divers

BELLES ÉTOFFES ET TENTURES BRODÉES

DONT LA VENTE AURA LIEU

HOTEL DROUOT, SALLE N° 2

Le Lundi 21 Novembre 1881

A DEUX HEURES

Mᵉ ESCRIBE	**M. A. BLOCHE**
COMMISʳᵒ-PRISEUR	EXPERT
rue de Hanovre, n° 6	rue Laffitte, n° 44

CHEZ LESQUELS SE TROUVE LE CATALOGUE.

EXPOSITION PUBLIQUE

Le Dimanche 20 Novembre 1881, de 1 heure 1/2 à 5 heures

PARIS — 1881

CONDITIONS DE LA VENTE

Elle sera faite expressément au comptant.

Les Acquéreurs paieront CINQ POUR CENT, en sus des adjudications.

Aucune réclamation ne sera admise une fois l'adjudication prononcée.

DÉSIGNATION

BIJOUX

1 — Trois **MOUCHES** en perles baroques, brillants de fantaisie, brillant blanc, roses et rubis. Elles peuvent former une demi-parure' ou trois épingles.

2 — Paire de **PENDANTS D'OREILLES** à pendeloques en brillants, avec perles poires.

3 — **RIVIÈRE** composée de soixante-sept chatons, forme écusson, montés chacun d'un brillant.

4 — Une **ÉTOILE** en brillants.

5 — Un **BRACELET** composé de trente-trois chatons en brillants.

6 — **BRACELET** en or, avec plaque formant médaillon, orné d'une croix cloutée d'or, et à bandes d'émail bleu, avec étoiles au centre en brillants et roses.

7 — **BROCHE** en or et lapis, ornée de la lettre S en roses, de quatre perles et trois pendeloques en lapis.

8 — **BROCHE** en joaillerie.

9 — **BAGUE** en brillants.

10 — **BAGUE**, rubis et brillants.

11 — Cinq **FLEURS** en brillants.

12 — **BRACELET**, perles et brillants.

13 — Paire de **BOUCLES D'OREILLES** en brillants.

14 — **BAGUE** perle, entourage brillants.

15 — Plusieurs **BIJOUX** de fantaisie.

16 — **BAGUE** jonc, enrichie de cinq brillants.

17 — **BAGUE** or, enrichie de deux turquoises et de deux brillants.

18 — **BAGUE** or, enrichie d'une émeraude.

19 — **BAGUE** or, enrichie d'un saphir.

20 — **BAGUE** anneau, ornée de quatorze rubis.

21 — **BAGUE** anneau, ornée de seize émeraudes.

22 — **PARURE** en or, enrichie de dix-huit camées sur pierre dure et composée de : un Collier, un Bracelet, une grande et deux petites Broches.

23 — **BROCHE** camée dur, entouré de trente-huit perles.

24 — **BROCHE** mosaïque (Paysage), monture or.

25 — **PEIGNE**, avec galerie en or émaillée noir.

26-27 — Deux **MONTRES** en or.

MATIÈRES PRÉCIEUSES

28 — Jolie petite Pendule en lapis, monture argent doré et émaillé, style du XVIe siècle.

29 — Jolie Aiguière avec son plateau en cristal de roche taillé à côtes, monture en argent doré finement émaillé représentant des cariatides fabuleuses, des mascarons et des enroulements de style Renaissance.

30 — Belle Coupe en cristal de roche, forme jonque, finement évidé et gravé, monture en argent doré et émaillée, enrichie de pierreries, supportée par une Satyre et couronnée par une Syrène. Travail de style Renaissance.

31 — Petite Coupe en cristal de roche, monture en argent doré émaillé, supportée par une figurine de guerrier.

BRONZES, PORCELAINES, FAÏENCES ET VERRERIE

32 — Mortier en bronze, orné de mascarons et de chiffres avec couronnes.

33 — Deux Statuettes équestres, formant cassolettes, en bronze du Japon.

34 — Trois Potiches en faïence de Delft; décor polychrome.

35 — Un Cornet en faïence de Delft; décor bleu.

36 — Grande Tasse avec Soucoupe en porcelaine de Saxe.

37 — Grand et beau Groupe en terre cuite, par Itasse (La petite Fille au roseau, inédit).

38 — Groupe en terre cuite (La Charité).

39 — Deux Statuettes d'enfants en terre cuite.

40 — Un Vase et une Coupe en poterie grecque.

41 — Trois Bustes en faïence de Savone.

42 — Un Cornet et un Vase en faïence de Satzuma.

43 — Deux Cache-Pots en faïence de Collinot, décorés de fleurs sur fond bleu turquoise.

44 — Cache-Pot en faïence du Japon ; décor en relief sur fond bleu.

45 — Vase en verre de Bohême vert, orné de peintures.

46 — Salière en émail de Limoges, décorée au fond d'un buste de César ; XVIIe siècle.

47 — Un Groupe de Satzuma, Philosophe sur un Cerf.

48 — Groupe d'Ochst (Cordonnier).

49 — Un Groupe en faïence de Hannong (le Chasseur galant).

50 — Groupe en porcelaine de Saxe (la Vendange).

51 — Une petite Boîte à compartiments en laque du Japon, fond aventurine à rehauts d'or.

52 — Surtout en faïence de Hannong; décor à fleurs.

53 — Groupe en faïence de Hannong (la Leçon de Musique).

54 — Deux Assiettes en porcelaine de Sèvres; décor à scène pastorale, bordure bleu turquoise à rehauts d'or.

55 — Bol de Kanga; décor à figures.

56 — Jardinière en faïence de Penthièvre, à jour; décor polychrome.

57 — Pot en faïence de Saint-Omer.

58 — Chien en porcelaine de Saxe.

59 — Théière et Sucrier en plaqué gravé.

60 — Sucrier en plaqué.

61 — Vase en argenture de Christophe; décor de pampres et de têtes de satyres.

MEUBLES, MARBRES, TAPISSERIES

62 — Belle Boiserie de chambre à coucher en bois sculpté du temps de Louis XVI, avec glace et trumeaux.

63 — Très belle Cheminée du temps de Louis XVI en marbre blanc, ornée de frise, chutes et autres ornements en bronze.

64 — Cheminée du temps de Louis XVI en marbre vert, ornée de bronze.

65 — Autre Cheminée du temps de Louis XVI en marbre blanc, ornée de bronze.

66-67 — Deux autres Cheminées en marbre griote, de la même époque.

68 — Lit en bois sculpté du temps de Louis XVI.

69 — Plusieurs Meubles de salons.

70 — Meubles divers de fantaisie.

71-72 — Deux paires de magnifiques Portières en satin rouge, très richement brodées d'or à rosaces, avec semis de fleurs de lys au centre et inscriptions au bandeau.

73 — Très beau Couvre-Lit en soie rouge, richement brodé, offrant au centre un médaillon à inscription et des ornements, bordure à jolis dessins s'enlaçant.

74 — Joli Tapis en velours de Perse polychrome et richement brodé de fleurs et de feuillages.

75 — Beau Tapis en velours de Perse, offrant au centre un médaillon à rosaces et gerbes de fleurs, et, sur les bords, des rinceaux en riche broderie.

Vᵉˢ RENOU, MAULDE et COCK, imprˢ de la Compagnie des Commissaires-Priseurs, rue de Rivoli, 144   23011